"인간에게서 관계와 관계를 헤아리는 것이 나를 핏속까지 자극한다. 특수한 인간들은 그들의 순수한 현존을 통하여 내 인식 욕구에 불을 지른다."

– 슈테판 츠바이크

사랑, 예술, 광기, 운명

슈테판 츠바이크 아포리즘

사랑, 예술, 광기, 운명

슈테판 츠바이크 아포리즘

초판 1쇄 발행 2025년 3월 10일
–

지은이 슈테판 츠바이크
엮은이 원당희·윤순식
옮긴이 원당희·윤순식
펴낸이 이방원

책임편집 정우경   **책임디자인** 박혜옥
마케팅 최성수·김 준   **경영지원** 이병은
–

펴낸곳 세창미디어

신고번호 제2013-000003호 주소 03736 서울특별시 서대문구 경기대로 58 경기빌딩 602호
전화 02-723-8660 팩스 02-720-4579
이메일 edit@sechangpub.co.kr 홈페이지 http://www.sechangpub.co.kr
블로그 blog.naver.com/scpc1992 페이스북 fb.me/Sechangofficial 인스타그램 @sechang_officii
–

ISBN 978-89-5586-839-5   03850

슈테판 츠바이크
아포리즘

사랑, 예술, 광기, 운명

슈테판 츠바이크 지음
원당희·윤순식 엮음

세창미디어
M E D I A

이 책에 인용한 문헌 중 다음의 책들은 본문에서 아래처럼 요약하여 기재한다.

『니체를 쓰다』:『니체』

『도스토옙스키를 쓰다』:『도스토옙스키』

『발자크/스탕달을 쓰다』:『발자크/스탕달』

『정신을 통한 치료: 메스머, 메리 베이커 에디, 프로이트 *Die Heilung durch den Geist: Mesmer, Mary Baker Eddy, Freud*』:『프로이트』

『카사노바를 쓰다』:『카사노바』

『톨스토이를 쓰다』:『톨스토이』

차례

슈테판 츠바이크의 문학은 한마디로 사랑과 공감의 미학이다. 그는 이렇게 말한다. "인간에게서 관계와 관계를 헤아리는 것이 나를 핏속까지 자극한다. 특수한 인간들은 그들의 순수한 현존을 통하여 내 인식 욕구에 불을 지른다."

사랑과 공감은 츠바이크 문학의 원형적 모티브이며, 그의 모든 감성적 표현은 이것으로부터 나온다. 문학에서 주도 동기가 음악에서 레마 음악이듯이, 사랑, 예술, 열정, 광기, 운명, 죽음은 그의 작품을 대변하는 주제어들이다. 그러나 이 주제어들은 예술적으로 상통하고 교차하는데, 사랑은 예술, 열정, 광기, 운명, 죽음으로도 변할 수 있기 때문이다.

사랑

사랑은 고통의 기록이자
일반적 순간에서보다 더 아픈 삶의 고통이다.

die Liebe

12

사랑은 인간의 마음을 감동시키는 원천이고, 하늘에서 떨어진 마법의 지팡이이다. 사랑은 비밀이자 위대한 마술, 설명할 수 없고 규명할 수도 없는 삶의 최종적 신비이다.

『도스토옙스키』

die Liebe

14

그는 완벽하고 성숙한 인물들을 나무에서 열매를 흔들어 따 내듯 흔들어 내친다. 그는 고통을 앓는 자들만을 사랑한다. 자신의 삶을 격상하고자 노력하면서 분열된 형식을 취하고, 혼돈으로 머무르면서 운명을 변화시키려고 하는 자들만을 그는 사랑한다.

『도스토옙스키』

die Liebe

16

도스토옙스키는 60년 동안 신에 대한 고통으로 고뇌했고, 자신의 모든 고통처럼 신을 사랑했다. 그는 무엇보다 신을 사랑했는데, 그도 그럴 것이 신은 온갖 고통 가운데 가장 영원한 고통이었기 때문이다.

『도스토옙스키』

die Liebe

본성은 새로운 질서를 위해 자신을 파괴하는 자만을 사랑한다. 본성은 항상 개별 인간들에게서 과도하게 넘치는 힘을 통해 정복자들을 창조한다. 그러면 그들은 영혼이라는 고향으로부터 미지의 어두운 대양을 거쳐 마음의 새로운 지대, 정신의 새로운 영토에 도달한다. 이런 과감한 초월자가 없다면, 인간은 자기 내부에 갇힐 것이며, 인류의 발전은 제자리에서 맴돌 것이다.

『도스토옙스키』

die Liebe

사랑은 행복한 상태나 화해가 아니라 고양된 투쟁이고, 영원한 상처의 더 깊은 고통이다. 사랑은 고통의 기록이자 일반적 순간에서보다 더 아픈 삶의 고통이다.

『도스토옙스키』

die Liebe

이 땅의 모든 인간은 고통을 통해서만 진실로 사랑할 수 있다. 도스토옙스키의 인물들은 고통을, 무엇보다 고통을 원한다. 고통은 그들의 실존을 가장 강력하게 증명해 준다. 그리하여 그들은 "나는 생각한다. 고로 존재한다"가 아니라, "나는 괴로워한다, 고로 존재한다"라는 명제를 만들어 낸다.

『도스토옙스키』

die Liebe

24

인간 각자가 자기 손으로 대지를 가꾸고 빵을 굽고 장화를 수선하면, 국가도 종교도 없을 터이고, 지상에는 순수한 신의 제국이 건립될 것이다. 그러면 "신은 사랑이요, 사랑은 삶의 목적"이 될 것이다. 책 따위는 모조리 집어치우고, 사유하거나 정신적으로 창조하지도 말아라. "사랑"이면 족하리라.

『톨스토이』

die Liebe

26

경쾌함, 그것이 니체의 마지막 사랑이자 최고의
척도였다. 그를 가볍게 하는 것, 건강하게 하는 것
은 선한 것이었다. 음식, 정신, 공기, 태양, 경치, 음
악에서도 그것은 마찬가지였다. 가볍게 떠오르는
것, 삶의 어둠과 둔중함이나 진리의 불순함을 잊
도록 돕는 것만이 그에게 내린 은총이었다. 이 때
문에 "삶의 가능성의 지도자", "삶을 위한 위대한
자극제"로서의 예술을 최종적으로 그는 사랑하
게 되었다.

『니체』

die Liebe

카사노바는 섹스뿐만 아니라 사랑의 모든 면에서 진실했다. 양자 사이에는 엄청난 차이가 있지만! 그는 사랑의 세계에서만은 솔직한 모습을 보이며 진실했다.

『카사노바』

die Liebe

카사노바는 쾌락에는 쾌락으로, 육체에는 육체로 상대했고, 그러면서도 죄의식에 빠지는 일이 전혀 없었다. 이 때문에 그의 여인들도 축제를 치른 뒤에 자신들의 순수한 사랑의 기대가 우롱당했다고 느끼지 않았다. 그럴 것이 얼핏 봐도 부도덕해 보이는 그가 여인들에게 성적 쾌감 이외에는 다른 황홀경을 요구하지 않았고, 영원히 사랑한다고 속삭이지도 않았기 때문이다. 이런 그의 태도는 항상 여인들이 사랑의 기대에서 깨어나는 수고를 덜어 주었다.

『카사노바』

die Liebe

카사노바는 사랑하는 여인에게 금으로 된 비를
뿌리는 주피터 신과 같았다. 그가 주피터와 비슷
했던 점은 이렇게 비를 뿌리곤 이내 구름 속으로
사라진다는 사실이었다. "나는 여인들을 미친 듯
이 사랑했지만, 여인보다는 늘 자유를 더 사랑했
다"라고 그는 말한다.

『카사노바』

die Liebe

기이하게도 클라이스트*는 동반자살을 꿈꾸곤 했다. 뭔가 알 수 없는 원초의 불안이 —『홈부르크 공자』에서는 이를 근거로 불멸의 장면을 만들었다— 고독에 휩싸인 그를 죽을 때까지도 고독하게 홀로 데려가지 않을까 두려워 떨었다. 그래서 그는 어릴 적부터 자신이 사랑한 모든 사람에게 황홀경 속에서 함께 죽을 것을 제의했다. 삶에 대한 사랑을 전혀 알지 못하는 자가 죽음을 사랑한 것이다.

『천재 광기 열정』

---

* 독일의 귀족 집안 출신인 극작가 하인리히 폰 클라이스트(Heinrich von Kleist, 1777-1811)는 젊은 시절부터 빼어난 문학적 재능과 거대한 야심을 가지고 『깨진 항아리』, 『펜테질레아』 등 우수한 작품을 남겼으나, 그 자신의 열망과 내적인 갈등을 이기지 못하고 젊은 나이에 병든 여성과 권총 자살로 생을 마감했다.

die Liebe

본질적 의미에서 에로스적 인간이란 그들의 성좌
가 사랑이고, 그 성좌 아래 태어나 사멸하는 몇몇
남성과 거의 모든 여성이다. 그렇지만 에로스에서
분출되는 힘들이 유일한 것이 아니고, 정열의 급
전急轉이라는 것도 그 밖의 인간들에게서 얼마든
지 볼 수 있으며, 원초 충동 또한 다른 형식이나
다른 상징을 빌려서 사방에 흩어지고 분산될 수
있다는 것을 발자크는 보여 주었다.

『발자크/스탕달』

die Liebe

이 세상의 어떤 사랑도 어둠 속에서 남몰래 누군가를 바라보는 소녀의 사랑만은 못한 것이랍니다. 그것은 너무나 절망적이고 헌신적이며, 너무나 순종적이고 애끓는 열정적인 사랑이기 때문입니다.

『모르는 여인의 편지』

die Liebe

처음으로 사랑에 빠진 사람은 신격화된 소녀를
상상으로라도 옷 벗기려 하지 않을 것이고, 치마
를 입은 다른 수천 명의 존재를 관찰할 때도 마찬
가지일 것이다.

『감정의 혼란』

die Liebe

42

아, 나의 사랑은 오직 생동하는 인간의 내부로 들어가 타인들의 떨고, 웃고, 호흡하는 열정과 하나가 되어 그들의 혈관을 고동치며 흘러야 하리. 나의 사랑은 군중 속에서 아주 사소하고 이름 없이 파묻혀, 때 묻은 세계의 불결한 암반일지라도 그걸 맛있게 파먹는 사소한 벌레처럼 되어야 하리. 오직 충만함의 내부로, 소용돌이의 맨 밑바닥까지 깊숙이 들어가, 내 자신의 충만함으로부터 쏘아진 하나의 화살처럼 미지의 세계, 그러나 실현될 수 있는 저 공동체의 왕국으로 뛰어 들어가야 하리.

『환상의 밤』

die Liebe

44

마리 앙투아네트는 자신의 마음을 아직 발견하지
못했고 사랑할 다른 사람을 알지 못하기에, 18세
의 이 소녀는 자신과 사랑에 빠진다. 아첨의 달콤
한 독이 그녀의 혈관으로 뜨겁게 흐른다. 사람들
이 그녀에 대해 경탄할 때마다, 그녀는 더 경탄하
면서 자신만을 들여다본다.

『마리 앙투아네트』

die Liebe

사랑은 진실로 숨결과 입술로 사랑이라고 말하며
떳떳이 고백할 때야 비로소 사랑이 된다.

『과거로의 여행』

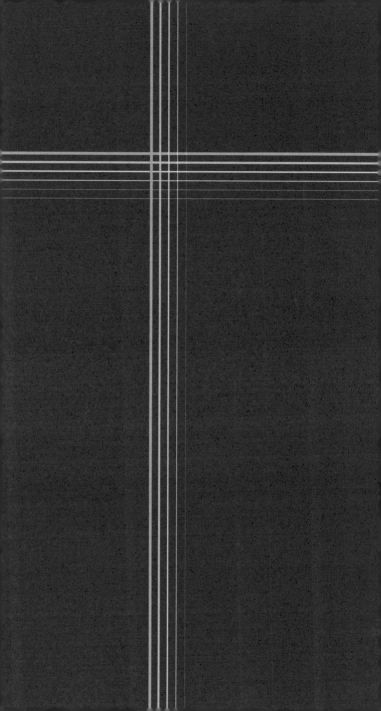

예술

참다운 예술은 이기적이다.
예술은 예술 그 자체와 완성만을 원할 뿐이다.

die Kunst

50

"사실주의가 환상적인 것에 가까워지는 한, 나는 사실주의를 사랑한다. 내게 현실보다 더 환상적인 것이 무엇이겠는가? 아니, 현실보다 더 돌발적이고 상상하기 힘든 것이 어디에 있겠는가?" […] 도스토옙스키의 예술적 관찰 과정은 마법적인 것과 분리할 수 없다. 자연주의자에게 과학이 예술이라면, 그에게는 마법이 예술이기 때문이다.

『도스토옙스키』

die Kunst

52

과학이 훗날에야 비로소 발견한 모든 것, 과학
이 마치 메스로 벗겨 내듯 실험을 통해 죽은 경험
에서 벗겨 낸 모든 것, 예컨대 텔레파시나 히스테
리 현상, 환각적이고 도착적인 현상을 그는 인식
했다. 그리하여 투시력과 공감의 능력으로 이 모
든 것을 앞서 묘사했다. 그는 망상(정신의 과도함)
에 가까울 정도로, 또는 범죄(감정의 과도함)의 낭
떠러지에 이를 정도로 영혼의 현상을 탐색함으로
써 영적 신천지의 무한궤도를 통과했다. 옛 시대
의 과학은 마지막 책장을 넘겼고, 그는 예술을 통
하여 새로운 심리학을 시작했다.

『도스토옙스키』

die Kunst

54

니체는 삶을 위한 위대한 자극제로서의 예술을 최종적으로 사랑하게 되었다. 밝고 가볍고, 위안을 주는 음악은 이때부터 격앙된 자를 달래 주는 가장 훌륭한 청량음료였다. 그는 이렇게까지 말했다. "음악이 없는 인생이란 고통일 뿐이고 오류이다."

『니체』

die Kunst

56

고독한 자 니체는 모든 신들을 뿌리쳤다. 하지만 그는 영혼을 신선하게 하고 영원히 젊게 하는 신들의 음료와 양식을 빼앗기고 싶지 않았다. 니체는 이렇게 외쳤다. "예술, 예술보다 더한 것은 없다. 우리는 진리 때문에 파멸하지 않을 그런 예술을 갖고 있다."

『니체』

니체는 돌연 교수직을 그만두고 고전 문헌학의 연단을 떠났다. 이것이 자신을 청산하고 자기 본연의 세계로 들어선 최초의 결단이었다. 이런 정지, 내적 굴절은 예술가로서의 첫 행보를 뜻했다. 참다운 니체란 현재 상태를 깨트리면서 시작되었고, 비극적 니체는 미래에 대한 눈빛, 새롭게 다가올 인간상에 대한 동경으로부터 생겨났다. 이 사이에 끊임없는 변화의 폭발, 내적 본질의 굴절이 일어났다. 고전 문헌학에서 음악, 학자적 진지함에서 황홀경, 꼼꼼한 인내심에서 화려한 춤으로의 거대한 변화가 일어났다.

『니체』

die Kunst

정말 놀라운 일이다! 그토록 큰소리로 마다하던 예술의 음향이 그의 폐부에 밀려 들어와 연약한 감정을 모조리 자극한다. 음악이 울려 퍼질 때마다 그의 모든 우울한 상념은 사라지고, 영혼은 부드럽고 섬세하게 변한다. "내가 어떻게 음악을, 예술을 모독할 수 있으랴" 하고 그는 마음속으로 조용히 생각한다. "예술이 없다면, 위안이 어디 있으랴? 사유란 음울하고, 지식이란 혼란스럽다. 신의 존재, 그것을 예술가의 형상과 말처럼 명료하게 느낄 수 있는 것이 또 어디 있으랴? 베토벤과 쇼팽, 그대들은 내 형제이다. 그대들의 눈초리가 지금 내 가슴에서 쉬고 있음을 느낀다. 인간의 심장이 내 가슴에서 요동치고 있도다. 형제들이여, 그대들을 모독한 나를 용서하라."

『톨스토이』

톨스토이의 예술은 따라서 '가을의 예술'로 명명
되어도 좋으리라. 윤곽이란 윤곽은 칼로 자른 듯
매끄럽고 날카로워 러시아 황야의 언덕 없는 지
평을 두드러지게 부각하며, 암갈색 숲들로부터는
시들고 메마른 나무들의 습한 냄새가 진하게 풍
겨 온다. […] 가을이 지나면 금방 겨울이 닥쳐올
터이며, 그러면 곧 죽음이 자연에 스며들 터이니,
모든 인간과 마찬가지로 영원한 인간 또한 사라져
우리의 마음속에만 남게 되리라.

『톨스토이』

die Kunst

64

예술작품이 고취하려 하는 것, 즉 증명받고 증명하고자 하는 의도는 대부분 예술가를 약화시킨다. 참다운 예술은 이기적이다. 예술은 예술 그 자체와 완성만을 원할 뿐이다. 순수 예술가란 오직 작품만을 생각하도록 허용받은 자로서, 그는 그가 작품을 수여할 인류를 생각지 않아도 좋은 것이다.

『톨스토이』

die Kunst

66

예술이 더 높은 것처럼 보이는 힘에 예속되어 봉
사해야 하는 순간, 그것은 거장의 자리에서 무섭
게 달아나 버린다.

『톨스토이』

die Kunst

68

디킨스에게 예술이란 따뜻한 차처럼 심장을 살며시 데워 주되, 뜨겁고 격렬하게 도취시키지는 않는 것이다.

『천재 광기 열정』

die Kunst

디킨스는 영국 전통과 시민적 기호의 강압에 머물면서 소인국 사람들의 현대판 걸리버가 되었다. 한 마리의 장대한 독수리처럼 이 밀폐된 세계를 박차고 오를 수도 있었을 그의 경이로운 환상은 발목을 죄는 성공이라는 쇠사슬에 묶이고 말았다. 깊숙한 내면의 만족감이 그의 솟구치는 예술 충동에는 무거운 부담이었다. […] 그에게는 자신을 교정하고, 흔들어 깨우고 자극하여 상승하려는 격렬한 사랑이 없었다. 신과 논쟁을 벌이고, 그의 세계를 배척하여 그것을 새롭게 자기 생각에 따라 창조해 내려는 거대한 예술가 본연의 의지가 없었다.

『천재 광기 열정』

독일인들과 달리 영국인들은 누구나 영국인으로서의 개성을 지킨다. 영국적인 것은 인간 유기체 위에 채색된 니스처럼 겉치레적인 것이 아니다. 그것은 혈관에 스며들어 규칙적인 리듬으로 변하고, 가장 내적인 본질과 비밀스러움, 개체의 본질을 이루어 나간다. 이런 데서 예술가적 기질이 나온다. 독일이나 프랑스에서와는 달리 영국에서는 예술가 역시도 영국인으로서의 민족적 의무에 충실하다. 영국의 예술가, 진정한 시인 모두가 이 때문에 영국적인 것 자체와 투쟁을 벌인다. 그러나 가장 철저한 증오심, 뼈에 사무친 증오심조차도 전통을 함부로 무너뜨리는 법이 없었다. 그것은 가장 미세한 혈관을 타고 심층에 내려가 영국적인 영혼의 토양에 닿는다.

『천재 광기 열정』

die Kunst

74

비만한 국가가 인정할 수 있는 예술이란 어떻게든 자만하고, 전통을 찬양하고, 욕망은 떨쳐 버려야 한다. 그런데 언젠가 엘리자베스 여왕 시대의 영국이 셰익스피어를 찾아낸 것처럼, 안락하고 친근한 화해적 예술 의지가 천재를 찾아낸다. 디킨스는 당대 영국의 걸작품이 되어 버린 예술 욕구의 발로이다. 그가 시기적절한 순간에 나왔다는 것이 그의 명성을 창출했으며, 그가 이 욕구에 압도된 것이 그의 비극이었다. 그의 예술은 비만한 영국의 안락함에서 생겨난 위선적 도덕으로 성장했다. 그래서 그의 작품 배후에 상식을 뛰어넘는 시적 힘이 없고 번쩍이는 황금빛 유머가 감정의 평범함을 멋지게 감추지 못한다면, 그는 영국인의 세계에서만 가치가 있을 뿐이다.

『천재 광기 열정』

die Kunst

76

스탕달은 전쟁의 어두운 그늘 속에 가만히 앉아, 책을 읽고 독일 시를 번역하고, 누이 폴린에게는 놀랄 만큼 아름다운 편지도 쓴다. 점점 더 현명해 지고, 점점 더 대가다운 풍모를 지니면서 그는 삶 의 예술가로 발전해 간다. 전쟁터에서는 항상 낙 오된 여행객이었지만, 모든 예술에는 지적인 애호 가로, 그는 자유로워질수록 자기 자신에게 접근 한다. 세상을 많이 알면 많이 알수록, 세상에 대 한 통찰력을 더 훌륭하게 체득해 나간다.

『발자크/스탕달』

die Kunst

78

카사노바의 경우 예술에 대한 사랑은 유희적인 것, 그저 즐기려는 애호가의 기쁨을 넘어서지 못했다. 그에게는 정신이 삶의 시중을 드는 것이지, 삶이 정신의 시중을 드는 것이 아니었다. 따라서 그는 예술을 단지 최음제, 감각을 흥분시키는 미약, 육체적 향락을 위한 부드러운 전희로 간주했다.

『카사노바』

die Kunst

80

종교와 신화, 예술작품 안에서 형상화된 꿈들 덕분에 우리는 인류의 창조적 능력을 추측할 수 있다. 이 때문에 어떤 사람이 깨어 있을 때 하는 행동, 책임지는 행동만을 관찰하는 심리학은 결코 그 사람의 진짜 개성에 도달할 수 없다. 프로이트는 바로 이런 인식을 우리 시대에 각인시켰다. 심리학은 심층으로 내려가야 한다.

『프로이트』

광산의 칠흑 같은 깊이에서 광부들이 가장 귀한
광물을 캐내듯, 예술가란 항상 가장 위험한 내면
에서 타오르는 진실과 최종적 인식을 얻는다.

『프로이트』

die Kunst

84

부산하고 어수선한 도시 파리에서 시인들은 유일하게 조금도 서두르지 않는 사람들이었다. [⋯] 그들은 예술의 세계에서 자유롭고도 대담하게 사색하고 일할 권리의 대가로서 소시민적이고 궁핍한 생활을 부끄럽게 생각하지 않았다.

『어제의 세계』

나는 로맹 롤랑이 지상에서 건축물이 파괴되기 쉬운 취약성을 지녔음에 슬퍼하고 있음을 감지했다. 그는 자신의 모든 작품에서 예술의 불멸성을 찬양한 사람이므로, 그 슬픔을 뼈아프게 느꼈을 것이다. 그는 이렇게 말했다. "예술은 우리 개인을 위로할 수 있지만, 현실에 대해서는 속수무책입니다."

『어제의 세계』

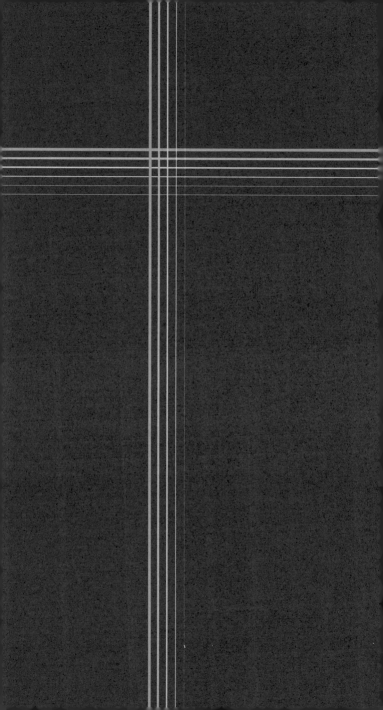

열정

열정의 급류를 통해 영원히 움직이는 자,
그 지류를 흘러가는 자는
바다라는 출구와 평온함에 이르고자 한다.

die Leidenschaft

90

"당신은 모든 걸 열정으로 몰고 가는군요." 나스
타샤 필리포프나의 이 말은 도스토옙스키의 모든
인물에게 적용되는 말인 동시에 무엇보다 자기 자
신, (그의) 영혼의 정곡을 찌른다. 이 강력한 존재
는 삶의 여러 현상에 늘 열정적으로 대처한다. 이
런 까닭에 그의 예술에 대한 사랑은 가장 열정적
일 수밖에 없다. 도스토옙스키의 경우 창조적 과
정이나 예술적 노력은 조용하고 질서 있게 구성되
고 냉철하게 계산된 건축술이라는 사실이 당연하
다. 열병을 앓는 가운데 사색하고 생활하듯, 그는
열기 속에서 글을 쓴다. 그는 작은 진주 구슬을
굴리듯 종이 위로 낱말들을 재빨리 흘린다. 그럴
때면 손목의 맥박은 평소보다 두 배로 뛴다(열정
적 인간들이 그랬듯이 신경질적으로 빨리 글을 쓴다).

『도스토옙스키』

die Leidenschaft

영원히 분열된 것은 하나의 통합을, 영원히 쫓기
는 자는 휴식을 얻고자 한다. 마찬가지로 열정의
급류를 통해 영원히 움직이는 자, 그 지류를 흘러
가는 자는 바다라는 출구와 평온함에 이르고자
한다.

『도스토옙스키』

die Leidenschaft

94

톨스토이의 경우 열정의 총화는 사냥이었다. 밝고 어두운 모든 감각은 사냥의 열기 속에서 마음껏 만족을 누린다. 그는 말의 비릿한 땀 냄새, 미친 듯이 달리는 승마의 쾌감, 신경을 곤두세우는 추격의 흥분과 목표물의 자극에 도취하며, 심지어는 불안, 땅바닥에 쓰러져 피 흘리고 충혈된 눈으로 노려보는 야수의 고통에 도취한다. 그가 사냥에서 여우의 두개골을 한 방에 꿰뚫었을 때, 그는 "죽어 가는 짐승의 고통을 보면서 나는 진정한 희열을 느낀다"라고 술회한다. 승리를 구가하면서 피 끓는 욕망의 외침을 부르짖을 때, 우리는 그가 일생을 통해 자기 내부에 가두어 둔 그 모든 야수의 본능을 짐작한다. 그가 사냥을 도덕적으로 옳지 못하다고 단정하여 거부했던 시점에도 들에서 토끼가 뛰어다니는 것을 보면 그의 손은 늘 무의식적으로 흥분에 떨었다.

『톨스토이』

die Leidenschaft

96

레프 톨스토이, 그는 인생을 마감하는 황혼기에 들어와 참으로 슬기롭게 변했으나, 여전히 노쇠하지 않았다. 원초 세계의 농부처럼 부단히, 펜대가 차가운 손에서 닳아 없어지도록 일기장에다 사고의 광대무변한 밭을 갈고 일군다. 왜냐하면 운명적으로 얻게 된 지칠 줄 모르는 인간의 열정은 극단적 순간에 이르도록 진리를 위해 투쟁하기를 쉬어서는 안 되기 때문이다. 최종적이고 가장 성스러운 노동은 여전히 완성을 고대하는데, 이는 더 이상 삶이 아니라 그 자신의 머지않은 죽음과 연관되어 있다. 죽음을 가치 있게 전형적으로 형상화하는 것이 이 강렬한 형성자의 최후 노력이기에, 그는 전력을 다하여 일에 매진한다.

『톨스토이』

die Leidenschaft

칸트의 후계자들은 진리를 사랑한다. 그 사랑은 진지하고 지속적이며 영속적이지만, 거기에는 완전히 열정의 에로스가 부족하다. 열망으로 애태우거나 자기 자신을 불태워 없애는 열정이 부족하다. 그들은 진리를 죽을 때까지 자신들과 절연하지 않고 성실하게 남아 있을 부인이나 안전한 소유물처럼 느낀다. 그들은 인류를 위해 카오스의 삼림에서 개간한 농토, 정신의 정복지를 써레와 쟁기로 훌륭한 농부처럼 잘 정리한다. [⋯] 반면 니체의 인식에 대한 열정은 완전히 다른 기질, 정반대의 감정 세계에서 유래한다. 그의 진리에 대한 자세는 철저히 마성적인 쾌감, 만족이라고는 모르는 뜨겁고 신경질적이면서도 호기심 어린 쾌감의 형태를 지닌다. 그의 진리에 대한 자세는 한 번의 결과에 멈추는 법이 없고, 어떤 대답에도 고착됨이 없이 연달아 질문하는 방식으로 나타난다.

『니체』

die Leidenschaft

100

시인 횔덜린이 그의 그리스에 대한 이상을 아시아, 동양적인 것, 야성적인 것으로 점차 넓혀 갔듯이, 니체의 열정도 결국 더 뜨거운 열대성, "아프리카적인 것"의 새로운 황홀경을 향해 불을 지펴 나갔다. 그는 태양 빛 대신에 태양의 화염, 분명한 테두리 대신에 냉철하게 자르는 명료함, 쾌활 대신에 짜릿한 쾌감을 원했다. 그의 욕망은 무한히 터져 나와서, 감각의 섬세한 자극은 완전히 도취로 바뀌었다. 춤은 하늘을 향한 비약으로 상승했고, 그의 뜨거운 감정은 작열하는 상태로까지 과도해졌다. […] 그에게는 자신의 내부에서 시작된 디오니소스의 춤을 위한 새로운 요소가 필요했다. 요컨대 현재보다 더 높은 무구속적 상태를 잡아 묶을 만한 언어가 필요해진 것이다. 그리하여 그는 자신의 본원적 요소인 음악을 다시 끌어들였다. 남국의 음악, 그것은 그의 마지막 동경이었다.

『니체』

die Leidenschaft

"새로운 열정 또는 합법성에 대한 열정"은 니체가 일찍이 계획했던 책의 제목이었다. 그는 책을 완결하지는 못했으나, 그 이상으로 삶에서 이를 증명했다. 그렇다! 열정적인 성실성, 열렬하면서도 고통에 이르도록 고조된 진실성은 니체에게 성장과 변화를 초래한 창조적 원천이었다. 그의 진리에 대한 사랑은 진리에 대한 열광, 명료성에 대한 열광이었다.

『니체』

die Leidenschaft

발자크는 자신에게 닥쳐온 상황을 사랑한 것이 아니라, 창조적 상황을 사랑했다. 그는 아주 오랫동안 현실의 굶주림을 채우기 위해 환상을 먹고 살았고, 절정의 순간을 맞이한 배우들처럼 자신의 열정을 신봉하게 되었다. 그는 전력을 다하여 이 창조의 열정에 헌신하였고, 화염이 피어올라 밖으로 번질 때까지, 그리하여 멸망에 이를 때까지 내면의 연소 과정을 끝없이 촉발했다. 그의 신비로운 소설 속 고라니과 동물의 요술 가죽처럼, 책이 한 권씩 나올 때마다 소망은 성취되었으나, 그의 삶은 점점 더 시들어 갔다. 노름꾼이 카드에, 술주정뱅이가 술에, 난봉꾼이 여자에게 미치듯, 그는 편집적 기질에서 빠져나오지 못했다.

『발자크/스탕달』

die Leidenschaft

"도박은 이기려는 열정 때문에 매혹적이지만, 잘
따져 보면 바로 그것 때문에 바보가 되어 버리지."

『마리 앙투아네트』

die Leidenschaft

108

카사노바는 모든 직업과 학문을 적당히 맛보고, 배우처럼 매번 의상과 배역을 바꾸는 것이 자신에게 어울린다고 생각했다. 대체 무엇 때문에 자신을 구속하는가! 그는 어떤 것도 갖거나 간직하려 하지 않았다. 그 어떤 것에 대해서도 가치를 인정하지 않았고, 어떤 것도 소유하려 하지 않았다. 왜냐하면 그의 광적인 열정은 그에게 하나의 삶이 아니라, 세상에 태어나 수백 개의 삶을 살도록 요구했기 때문이다. 그는 자랑스럽게 말했다. "나의 가장 큰 보물은 내가 나 자신의 주인이라는 것, 그리고 불행을 두려워하지 않는다는 것이다."

『카사노바』

die Leidenschaft

카사노바처럼 호색에 완벽한 가치를 부여하는 사람에게는 여인과 구애, 갈망과 소유가 가장 소중하고 유일한 세계 재화로 변해야 했다. 그는 수많은 여인의 질투 사이에서 단지 한 여인에게만 열정을 바쳐야 했다. 그럼으로써 그 열정에 내재한 세계의 의미와 무한성을 파악할 수 있었다. 거의 모든 면에서 충실하지 않았던 카사노바는 여성을 향한 정열만큼은 늘 충실했다. 만일 그에게 베네치아 공화국 총독의 반지나 푸거 가문의 보물들, 귀족의 작위, 집과 관직, 장군직이나 시인의 명성을 준다고 제의했어도, 새로운 여인의 살결을 위해서라면 그는 태연히 이 겉만 번지르르한 것, 무가치한 것들을 몽땅 내던져 버렸을 것이다. 차라리 그는 무엇으로도 대치할 수 없는 달콤한 눈빛, 순순히 가슴에 안기는 순간을 선택했을 것이다.

『카사노바』

die Leidenschaft

112

여인의 얼굴은 열정에 사로잡혔다가 곧 순수해지고, 그러다가 권태를 보이는 거울일 뿐입니다. 거울 표면에 맺히는 상처럼 여러 모습으로 바뀌어서, 남자가 여인의 얼굴을 쉽게 잊는 것도 무리가 아닙니다.

『모르는 여인의 편지』

die Leidenschaft

114

온갖 열정으로부터 사냥당하는 자, 그것이 바로 여느 사람과도 다른 클라이스트의 모습이다. 그러나 그를 고삐 풀린 인간으로 보는 것보다 더 잘못된 견해는 없을 것이다. 그는 한편으로는 열정이라는 채찍과 독사로부터 계속해서 고통을 당하며 끌려다녔고, 다른 한편으로는 의지라는 엄격한 고삐가 앞으로 나아가려는 그를 거세게 잡아당겼다. 이것이 바로 표면에 드러난 그의 고통이자 근원적 비극이었다.

『천재 광기 열정』

die Leidenschaft

116

열정에 굶주린 클라이스트는 사물의 배후에 감추어진 비밀을 캐내려고 했다. 그는 불가사의한 것의 마지막 어둠 속까지 캐내려 하면서 차갑고 냉혹한 탐색의 눈길을 열정적으로 보냈다. 사건이 기묘하면 기묘할수록, 그만큼 더 즉물적으로 냉정하게 묘사하고 싶었다. 그는 이해하기 힘든 것을 냉철한 관계 속에서 명백히 파악하려고 대단히 노력했다. 그의 열정적인 지성은 나사처럼 빙빙 파고들며 가장 깊은 바닥까지 들어가서는, 자연의 마술과 인간의 광기가 신비롭게 결합한 것을 축복했다. 이런 점에서 그는 어떤 독일 작가보다 오히려 도스토옙스키에 더 가까웠다.

『천재 광기 열정』

그의 창조력은 죽음과 광기 사이의 절벽에서
몽유병자처럼 모르는 사이에 솟구쳐 올랐다.

der Wahnsinn

그는 광기의 얼굴과 아주 가까이 맞대었다. 그리고 현자나 지식인들이 무기력하게 추락했던 감정의 봉우리들을 몽유병 환자처럼 지나갔다. 그는 의사나 법률가, 형사, 정신병자들보다 더 깊이 무의식이라는 심층 세계에 침투해 들어갔다.

『도스토옙스키』

der Wahnsinn

간질 발작의 공포를 견디며, 입술에 묻어 있는 씁
쓸한 죽음의 뒷맛을 느끼며, 게다가 궁핍과 가난
에까지 쫓기며, 불멸의 천재적 장편소설들이 완성
되곤 하였다. 그의 창조력은 죽음과 광기 사이의
절벽에서 몽유병자처럼 모르는 사이에 솟구쳐 올
랐다. 그리고 이런 반복되는 죽음의 체험으로부
터 영원히 부활한 도스토옙스키에게, 삶을 집요
하게 움켜잡고 거기서 엄청난 위세와 열정을 빼앗
아 내는 그런 마법의 힘이 생성되었다.

『도스토옙스키』

der Wahnsinn

124

자신의 광기를 잊기 위해 도스토옙스키의 작중 인물들은 술을 마신다. 도박은 돈을 벌기 위한 것이 아니라 시간을 죽이려는 것이다. 쾌락을 위한 탈선도 아니며, 과도함을 통해 진실의 척도를 잃어버리고자 함이다. 그들은 자신이 누구인지 알고자 하며, 그래서 자신의 경계를 찾아내려 한다. 과열과 냉각의 상태에서 그들 자아의 극단을, 무엇보다 자신의 깊이를 인지하려 한다.

『도스토옙스키』

der Wahnsinn

형상화된 그의 인물마다 그들이 파 놓은 갱도가 이 세상의 무시무시한 심연으로 떨어져 내린다. 그의 작품의 모든 벽, 그의 인물들의 얼굴 뒤에는 영원한 밤이 깃들어 있고, 영원한 광채가 빛을 발한다. 도스토옙스키는 삶의 규정과 운명의 형상화를 통하여 존재의 온갖 신비와 철저히 밀착해 있기 때문이다. 죽음과 광기, 꿈과 명료한 현실 사이에 그의 세계가 위치한다.

『도스토옙스키』

der Wahnsinn

바로 그의 내면에 도사린 광기가 너무 오랫동안 고전 문헌학을 비롯한 학문과 냉정함에 파묻혀 있었기 때문에, 그만큼 더 광기는 강렬하게 솟구쳐 올라와, 신경의 끝까지, 그의 문체의 마지막 억양에까지 거대한 영향을 미쳤다. 마치 새로운 활력을 얻은 것처럼, 이제까지 묘사하는 데 만족했던 언어는 갑자기 음악적으로 살아 숨 쉬기 시작했다. 이전에 사용하던 무거운 언어 양식, 강연 방식의 안단테 마에스토소는 이제 음악의 다양한 운동, "파동"을 소유하게 되었다. 명인의 그 모든 세련성은 음악 속에서 불타올라 경구의 날카로운 스타카토가 되었고, 노래 속에서는 서정적 소르디노, 농담의 피치카토가 되었다.

『니체』

der Wahnsinn

핏자국이 밴 넝마를 걸치고 운명과 싸우는 광인 프리드리히 니체는 헤라클레스처럼 반인반마의 괴물 네수스의 불타는 옷을 찢어 버림으로써 비극의 주인공이 되었다. 이는 맨몸으로 종국적 진리에 맞서기 위해, 아니 자기 자신에 대항하기 위해서였다. 그러나 맨몸은 얼마나 추웠고, 정신의 참을 수 없는 절규를 그는 어떻게 침묵으로 일관했을 것인가! "신의 살해자"를 뒤덮는 구름과 번개는 얼마나 무서운 하늘의 풍광이란 말인가! 신의 살해자 니체는 이제 자신과 상대할 경쟁자가 없어서 "자기를 인식하는 자, 무자비한 자기학대자"로서 자기 자신을 공격했다. 그는 자신의 광기에 쫓기며 시대와 세계를 넘어섰고, 자기 본질의 한계를 초월했다.

『니체』

der Wahnsinn

클라이스트란 인간은 향락가와는 정반대였다. 그
는 수난자였고, 정열의 희생자였으며, 뜨거운 몽
상을 실현도 성취도 할 수 없는 자였다. 이 때문
에 자신의 욕정에 저지당하고 억압을 받았다. 그
의 욕정은 영원히 역류하면서 끓어올랐다. 항상
그렇듯이 이 점에서도 그는 충동과 억압에 맞서
싸우고, 본성의 강압에 무섭게 고통을 받으면서,
광기에 의해 쫓기고 내몰리는 자로 나타난다. 그
렇지만 에로스는 그를 평생 추적한 사냥개들의
무리 가운데 하나에 불과했다.

『천재 광기 열정』

der Wahnsinn

만일 카사노바를 진지한 서생 차림으로 분장하거나 양심으로 그를 억누르려고 한다면, 그의 피부는 낯설어 소름이 끼칠 것이다. 왜냐하면 이 느슨한 현세의 아들은 철두철미 광적인 인간으로서, 단순과 권태라는 악마를 참을 수 없었기 때문이다. 내적으로는 공허했기에 그는 끊임없이 삶의 재료를 끌어모아야만 했다. 그러나 […] 그의 의지는 끝없는 갈증으로 온 나라와 제국을 탐하던 현실적 강탈자 나폴레옹의 광기와는 거리가 멀었다. 또한 여자의 세계, 이 다른 무한성의 세계를 독점할 수 있다고 믿었던 돈 후안의 광기와도 성격을 달리했다. 단순한 향락자인 카사노바는 최정상의 경지를 추구한 적이 없었고, 다만 만족감이 오랫동안 지속되길 원했다.

『카사노바』

der Wahnsinn

136

게임을 한다는 기쁨이 게임에 대한 욕망이 되었고, 게임에 대한 욕망은 게임에 대한 강박, 광기, 광적인 분노가 되어서 깨어 있는 시간뿐만 아니라 점차 잠자는 시간까지 파고들었다. […] 분명히 체스라는 존재 자체는 그 어떤 책이나 작품보다 영속적이며, 모든 민족과 모든 시대에 속하는 유일한 게임이다. 지루함을 죽이고, 감각들을 날카롭게 하며, 영혼을 긴장시키기 위해 어떤 신이 체스를 지구에 가져다주었는지는 아무도 알지 못한다.

『체스 이야기』

운명

운명은 부지런한 사람보다는 불손한 모험가에게,
인내하는 사람보다는 무례한 자에게
더 많은 것을 선사한다.

das Schicksal

니체는 이렇게 말했다. "인간이 어떻게 하면 위대해질 수 있는가에 공식이 있다면 운명을 사랑하라는 것이다."

『니체』

das Schicksal

142

그는 두 팔을 벌려서 병을 자기 운명에 필연적인 것으로 받아들였다. 그리고 병을 환상적인 삶의 대변자로 사랑하게 되었을 때, 그는 자신의 고통에 대해 차라투스트라의 긍정을 선언했다. "또 한 번! 또 한 번 영원히!"라고 고통을 향하여 송가를 불렀다.

『니체』

das Schicksal

144

니체는 점점 더 엄청난 힘으로 자신의 사고를 키
워 나갔고, 자신의 운명까지도 뛰어넘었다. 그는
이렇게 선언했다. "우리는 모두 인식의 몰락보다
는 차라리 인류의 몰락을 원한다."

『니체』

das Schicksal

146

"나는 나의 운명을 알고 있다. 언젠가 내 이름을 걸고 엄청난 어떤 것에 대해 회상하게 될 것이다. 이 세상에 없었던 위기라든가 가장 깊은 양심의 저촉에 대해 거론하게 될 것이다. 기존에 믿었던 것, 신성시되었던 모든 것을 쫓아 버린 결단에 관해서도 이야기하게 될 것이다."

『니체』

니체는 자신에게서 달아나다가 자신에게 도달하는 것을 무수히 반복했다. 니체는 말했다. "자신에게서 달아나는 영혼은 더 큰 범주 속에서 자신을 찾는다." 이런 행위는 결국 광적인 열기에 이르렀고, 그 과도함은 무서운 운명으로 바뀌고 말았다. 그럴 수밖에 없었다. 왜냐하면 그가 바로 자기 본질의 형태를 극단화시켰을 때, 정신의 팽팽한 긴장은 파열할 수밖에 없었기 때문이다.

『니체』

das Schicksal

150

위기는 항상 창조적 인간에게 주어지는 운명의 선
물이다.

『톨스토이』

das Schicksal

152

톨스토이는 마침내 차르[황제]를 통렬하게 공격하고 비방함으로써 유죄를 선고받고 급기야는 공개 석상에서 폭동죄를 받을 위기에 처한다. 그럼에도 니콜라우스 2세는 그의 죄를 청원하는 대신에게 이렇게 말한다. "부디 레프 톨스토이의 죄를 거론하지 말기를 청하오. 나는 그를 순교자로 만들 생각이 없소." 그러나 톨스토이가 그의 노년에 간절히 원했던 것은 이것, 바로 이런 순교인데, 운명은 이를 허락하지 않는다. 그렇다, 이 고뇌를 원하는 자에게 고통이 일어나지 않도록 운명이 저 심술궂은 배려의 손길을 펼친다. [⋯] 한 번도 그는 누구나 인정하는 명백한 행위, 종국적 증거, 그럴듯한 순교에 성공하지 못한다. 십자가에 매달리려는 그의 의지와 현실 사이에 악마는 명성을 던져 놓는다. 악마가 운명의 날개를 거머쥐고 그에게는 고뇌가 범접하지 못하도록 만드는 것이다.

『톨스토이』

das Schicksal

154

운명이 그를 사랑하기에 그의 삶은 고통스럽고,
운명이 그를 너무나 강하게 사로잡고 있기에 그는
자신의 운명을 사랑한다.

『도스토옙스키』

das Schicksal

156

같은 원소로 이루어진 석탄이나 다이아몬드처럼 운명의 이중성은 이 두 작가에게 동일하면서도 다른 어떤 것으로 나타난다. 오스카 와일드가 감옥을 나왔을 때 끝났다면, 도스토옙스키는 그제야 시작이었다. 같은 불덩어리를 가지고 와일드가 쓸모없는 광재나 남겼을 때, 도스토옙스키는 반짝반짝 강도 높은 금속을 주조한다. 와일드가 다가오는 운명을 마다했기에 노예처럼 사육되었다면, 도스토옙스키는 운명을 사랑했기에 운명의 승리자가 될 수 있었다. 혹독한 운명만이 자신에게 어울릴 정도로 도스토옙스키는 그에게 닥친 시련을 다른 것으로 변화시키고, 굴욕적인 것조차 그 가치를 전도시켰다.

『도스토옙스키』

das Schicksal

그는 영원한 길을 가기 위해 한순간도 행복감에 빠져서는 안 된다. 간혹 그의 운명을 지배하던 악마는 그가 분노를 터트리면 멈춰 서서 다른 사람들처럼 평범한 길을 가도록 허락하는 것으로 보인다. 하지만 언제나 다시 무시무시한 손을 뻗어서 그를 숲으로, 그것도 불타는 가시덤불 속으로 밀쳐 버린다. 그가 높이 내던져진다면, 이는 그를 더 깊은 심연으로 떨어지게 하는 것이며, 그에게 황홀과 절망을 알게 하려는 것이다. 운명은 바로 욥에게 했던 것처럼 가장 안정을 누리는 순간 그를 내팽개친다. 처자식을 빼앗고, 병으로 괴롭히며 그를 멸시한다. 이는 그가 신에게 대드는 것을 중단치 않고 끊임없이 분노와 희망을 통해 운명을 이겨 나가게 하려는 것이다.

『도스토옙스키』

das Schicksal

160

자신의 분열된 운명에 무한히, 아무런 저항 없이
몸을 내맡기는 운명에 대한 사랑은 도스토옙스키
의 밝히기 힘든 유일한 비밀이며, 황홀경에 이르
는 창조적 불꽃의 원천이다. 그에게 삶은 너무나
강렬했고, 고통 속에서 감정의 무한함을 열어 주
었기 때문에, 그는 대단히 선하고 불가해하며 신
성한, 실체를 알 수 없는 신비로운 삶을 영원히 사
랑했다.

『도스토옙스키』

das Schicksal

162

그의 삶의 행로는 19세기 다른 작가들이 걸어간 순탄한 포장도로와는 전혀 닮지 않았다. 여기서 우리는 가장 강렬해지고자 스스로 시험하는 어두운 운명의 신의 욕망을 느끼곤 한다. 그는 야곱처럼 천사와 영원히 씨름하지 않을 수 없었다. 영원히 신에게 반항하며, 수난자 욥처럼 굴종해야만 했다. 안정을 누릴 틈이 전혀 없었고, 태만할 수도 없었다. 그를 사랑하기에 벌을 주는 신을 늘 감수할 수밖에 없었다.

『도스토옙스키』

das Schicksal

164

운명에 예속된 채 도스토옙스키는 굴종과 인식을 통해 온갖 고난을 극복해 냄으로써 유사 이래 가장 강렬한 인간, 가치 전도를 실행한 천재가 되었다. 육체가 무너지려 하면 할수록, 그의 믿음은 높이 상승했다. 인간으로서 수난을 견디면 견딜수록, 세계고世界苦의 의미와 필연성을 신의 은총으로 받아들였다. 니체가 삶의 가장 생산적 법칙으로 칭송한 운명에 대한 헌신적 사랑, 운명에 대한 사랑amor fati은 그에게 모든 적대감 속에서도 충만함을 느끼게 했고, 모든 시련을 구원의 은총으로 깨닫게 했다. 모든 저주는 「민수기」 속의 점술가 발람Balaam처럼 이 선택된 사람에게 축복으로 변하고, 모든 굴욕은 찬양으로 바뀌었다.

『도스토옙스키』

충격적인 드라마를 강화하기 위하여 역사라는 위대한 창조자는 주인공의 영웅적 성격 따위는 필요 없었다. 비극적 긴장이란 어느 인물의 과도한 상태에서가 아니라, 항상 운명에 대한 인간의 불균형에서 나타나는 법이다.

『마리 앙투아네트』

das Schicksal

릴케처럼 순수한 서정시인들이 오늘날 소란하고
전반적인 파괴의 시대에 과연 다시 한번 존재할
수 있을까? 내가 사랑하면서 탄식하고 있는 대상
은 이미 사라져 버린 종족이 아닐까? 모든 운명의
태풍이 거세게 몰아치는 현대에서 그들은 직접적
인 후예를 갖지 못하는 종족이 아닐까?

『어제의 세계』

das Schicksal

170

여러 해가 지난 다음에야 비로소 나 역시 시련은
우리를 자극하고, 박해는 우리를 굳세게 만들며,
고독으로 파괴되지만 않는다면 고독은 우리를 더
높여 준다는 사실을 이해하게 되었다. 삶의 모든
본질적인 것처럼 이러한 인식도 다른 사람의 경험
으로부터 배우는 것이 아니라 항상 자신의 운명
을 통해서만 배우는 것이었다.

『어제의 세계』

das Schicksal

1939년에는 사람들이 어느 정치가에게도 존경심을 갖지 않았고, 그들을 믿고 자기 운명을 맡기지 않았다. 이탈리아와 독일에서 군중은 불안에 차 무솔리니와 히틀러를 보고 있었다. '그들은 과연 우리를 어디로 몰고 가는 것일까?' 물론 사람들은 그들을 거부할 수 없었다. 조국의 운명이 걸려 있기 때문이었다. 그래서 군인들은 무기를 잡았고, 어머니들은 자식을 전쟁터로 보냈다.

『어제의 세계』

das Schicksal

174

발달 중인 어린아이의 의식은 아직 부드러워서 무엇이든 선명하게 받아들인다. 이러한 인격 성장기의 기록판에 새겨진 것만이 지워지지 않고 오랫동안 남아 모든 사람의 운명을 결정한다.

『프로이트』

das Schicksal

176

프로이트와 더불어 꿈은 비로소 운명이 자신을
드러내는 행위로서 다시 긍정적인 평가를 받기
시작했다. 다른 학문은 꿈에서 단지 혼돈과 불규
칙한 충동만을 인지했지만, 심층심리학은 꿈에서
규칙의 지배를 인식했다.

『프로이트』

das Schicksal

"자유롭게 사유하는 사람은 우연성이 지배하는 곳에는 가지 않는 법이다…. 자유롭게 사유하는 사람은 자신의 운명을 극복할 수 있다고 믿으며, 스스로 운명을 바꾸어 놓을 수 있다고 믿는다. 그는 어떤 행복이 그에게 최상의 것인지, 이성에 따라서 결정한다. 그는 삶의 설계를 계획한다…. 한 인간이 스스로 삶을 설계하지 않거나 성숙하지 않은 상태로 머물러 있다면, 부모를 후견인으로 둔 어린아이이거나 운명을 후견인으로 둔 성인일 것이다." 21세의 클라이스트는 이렇게 사색하면서 운명을 우습게 생각했다. 그의 운명은 자기 내부에 있는 동시에 자신의 힘으로는 어쩔 수 없다는 것을 그는 아직도 모르고 있었다.

『천재 광기 열정』

das Schicksal

비극적 세계관의 클라이스트는 한 번도 괴테처럼 세상에 가치를 부여할 수가 없었다. 물론 자신이 가치 있게 될 수 없다는 것도 그는 충분히 의식하고 있었다. 그가 우주에 대해서 만족하지 못하기 때문에 그의 피조물인 작중 인물들은 모두 몰락한다. 철저한 비극작가에 의해 태어난 비극적 인물들은 늘 자신을 넘어서려 하면서 운명이라는 벽에 머리를 부딪친다. 반면에 현명하게 체념하면서 삶과 타협하는 괴테는 참된 비극이 지닌 파멸적 성격에 대해 알고 있었다(비극다운 비극을 쓰게 되면, "그것이 나를 파멸시킬 것이다"라고 그는 고백했다). 그는 혜안으로 자신이 직면한 위험의 깊이를 완전히 알고 있었지만, 스스로 몸을 던지기에는 너무 조심스럽고 현명했다. 이에 반해 클라이스트는 영웅적이지만, 현명하지 못했다. 그는 최후의 심연에 몸을 던질 용기와 열정이 있었다. 그는 환희에 젖은 채 몽상을 쫓아다녔고, 그의 인물들은 극단화된 가능성을 추구했다.

『천재 광기 열정』

das Schicksal

182

운명은 부지런한 사람보다는 불손한 모험가에게,
인내하는 사람보다는 무례한 자에게 더 많은 것
을 선사한다. 운명은 전체 종족에게보다는 이 무
절제한 사람에게 더 많은 것을 배려해 주었다. 운
명은 카사노바라는 자를 붙잡아 위아래로 던지
고, 유럽 전역으로 굴러다니게 했으며, 그를 위로
치솟게 하다가도 도약하는 그의 발을 걸어 넘어
뜨렸다. 운명은 그에게 여인을 양식으로 주었으며,
그를 노름판에 빠진 바보로 만들었다. 운명은 그
를 열정의 불로 자극하고, 성취감을 맛보도록 기
만했다. 운명은 그를 끈질기게 따라다니며 권태에
빠지지 않도록 해 주었고, 언제나 지칠 줄 모르는
그에게 끊임없이 일거리를 가져다주었다. 또한 유
희의 동행자인 그에게 새로운 전환과 모험을 선사
했다. 그리하여 수백 년에 한 번쯤 나올 만한 그
의 삶은 넓고 화려하게, 다양하고 변화무쌍하게,
환상적으로 다채롭게 채색되었다.

『카사노바』

das Schicksal

역사에서 별과 같은 운명의 순간은 이후 수백 년의 역사를 결정한다. 전 대기권의 전기가 피뢰침 끝으로 빨려 들어가듯이, 이루 헤아릴 수 없는 사건이 시간의 날카로운 꼭짓점 하나에 집약되어 실현된다.

『인류 운명의 순간들』

das Schicksal

그들은 장난감을 갖고 놀듯 사랑을 즐기며, 아이들이 처음으로 담배 피우는 것을 뽐내듯이 사랑을 자랑합니다. 그러나 저는 어느 누군가에게도 그런 걸 배울 수 없었고, 충고를 받거나 경험을 나누며 앞날을 헤아려 본 적이 없었습니다. 저는 그래서 어두운 심연 속에 떨어지듯 저의 운명 속으로 떨어졌습니다. 모든 것은 제 마음속에서 자라나 꽃을 피웠고, 그것이 만나는 것은 오직 당신이라는 사람, 유일한 밀담 대상인 당신에 대한 꿈, 바로 그것이었습니다.

『모르는 여인의 편지』

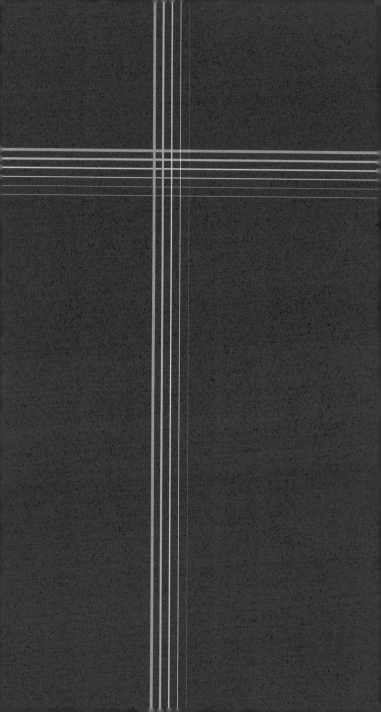

죽음

정신의 찬란한 빛을 보여 준 천재는
아무도 모르게 자신의 밤으로 명멸해 들어갔다.

der Tod

다치고 찢기고 피를 흘리며 사람들 앞에서 새로운 예술을 선보이지만, 아무도 이 절규와 같은 농담의 진의를 예감하지 못한다. 이렇게 가벼운 연출에 내재한 어마어마한 열정의 의미를 알지 못한다. 우리의 세기가 선사받은 전대미문의 정신적 연극은 청중과 반향 없이 빈자리만 남기고 끝났다. 철탑 꼭대기에서 빙빙 도는 그의 사상의 팽이가 어떻게 마지막으로 튀어 올랐다가 끝내 비틀거리며 추락했는지 그 누구도 눈여겨보지 않을 수 없다. 이는 불멸을 위한 죽음이었다.

『니체』

der Tod

니체는 힘을 과시하듯 하늘을 향해 환호하며 만세를 외쳤고, 『이 사람을 보라』에서는 전혀 아픔이나 몰락의 조짐이 없는 것처럼 건강에 대해 호언장담했지만, 이미 뇌우를 알리는 번개가 그의 혈관에서 경련을 일으키고 있었다. 그에게서 찬미의 노래였던 것, 승리를 구가했던 것은 삶이 아니라 이미 그의 죽음을 알리는 전주곡이었다. 그가 빛으로 간주하거나 자기 힘의 찬란한 분출로 보았던 것에는 병의 치명적 발작이 도사리고 있었다. 마지막 순간에 그에게서 흘러넘쳤던 놀라운 쾌적감은 오늘날 의사의 눈에는 죽음의 열락, 붕괴 직전의 전형적인 안정감으로 진단될 것이다. 이미 저편의 다른 세계, 마법이 지배하는 세계로부터 그를 향해 은빛 광채가 떨면서 다가왔는데, 최후의 순간에 그는 그 광채의 물결에 휩싸여 있었다.

『니체』

der Tod

194

"인간은 얼마나 많은 진리를 감당할 수 있는가?"
이것이 평생 용감한 사상가 니체가 제기한 핵심
적 물음이었다. 하지만 인식능력의 척도를 완전히
간파하기 위해 그는 안전지대를 벗어나서 인간이
더 이상 견디지 못하는 단계에 도달하고 말았다.
최종적 인식이 죽음과 교차하는 그곳에서는 빛이
너무 강해서 눈을 뜨기 어려웠다. 이 마지막 행보
가 바로 그의 운명비극에서 가장 잊을 수 없고 가
장 강렬한 순간이었다. 이 순간보다 그의 정신이
더 명료하고, 그의 영혼이 더 뜨거운 적은 없었다.
그의 말은 이제 환호성과 음악이 되어 울려 퍼졌
다. 그는 알고자 열망하면서, 그의 삶의 정상에서
파멸의 심연으로 추락했다.

『니체』

der Tod

거리에서 쓰러진, 세상에서 가장 낯선 사내를 사
람들이 발견했다. 그들은 환자를 토리노에 있는
비아 카를로 알베르토 거리의 낯선 방으로 데려
갔다. 그의 정신적 죽음에 대한 증인이 아무도 없
듯이, 그의 정신적 삶의 증인 또한 거의 없다. 그
의 몰락을 두르고 있는 어둠과 성스러운 고독만
이 존재한다. 정신의 찬란한 빛을 보여 준 천재는
아무도 모르게 자신의 밤으로 명멸해 들어갔다.

『니체』

der Tod

어떤 죽음도 니체의 죽음처럼 음악에 휩싸이고, 도취와 비약을 보여 준 일은 없었다. 유서에 나타나듯이 "한 인간이 영위해 온 가장 고통스러운 인생"은 디오니소스에게 바치는 희생의 축제로 끝을 맺었다. 살아서는 무엇을 해도 비참하게 실패했던 존재의 어두운 의미가 영웅적 몰락으로 구체화되었다. 소크라테스나 앙드레 셰니에 같은 몇몇 사람들은 최후의 순간에 온유한 감정, 냉정하고도 미소를 띤 침착한 자세로 현명하고 불평 없이 죽음을 맞았다. 반면에 언제나 과도한 그는 죽음마저도 열정, 도취, 황홀, 무아경으로 높이 상승시켰다. 그의 몰락은 살아 있을 때는 몰랐던 행복과 헌신의 상태였다.

『니체』

der Tod

죽음과의 첫 대면은 그의 어린 시절에 일어났다. 모친의 주검을 보게 되자 어제까지 생명력 있던 모든 것이 싸늘하게 마비되었다. 당시에는 감정과 사고 속에서만 맴돌아 설명할 수 없었던 그 장면을 그는 평생 잊지 못한다. […] 형이나 부친, 아주머니가 죽기라도 한 것처럼, 죽음에 대한 생각이 항상 그를 파고들어 목을 조른다. 죽음의 차디찬 손마디가 그의 목을 누를 때면, 그의 신경은 항상 분열되어 버린다. 그가 실제의 죽음을 맞이하려면 40년이나 남아 있고, 아직도 죽음은 그의 육체에 한 손가락만 걸치고 있는데, 그의 죽음에 대한 선입견은 이미 살아 있는 자의 영혼을 무섭게 파고들어서 더 이상 그것을 쫓아낼 수가 없다. 밤마다 거대한 불안이 그의 침대 곁에 앉아서는 생의 즐거움의 원천을 게걸스럽게 파먹는다. 불안은 그의 책갈피 사이에 쪼그리고 앉아서 썩어 빠진 어두운 사고들을 씹어 먹는다.

『톨스토이』

der Tod

살아 있는 사물은 가장 명철한 인간 중의 인간에게 점점 더 낯설어지고, 파열된 혈관을 통해서 흐르는 피는 갈수록 어두운 빛깔로 응고되어 간다. 11월 4일 밤, 그는 다시 몸을 뒤틀고 일어나 중얼거린다. "그러나 농부들… 농부들은 어떻게 죽는가?" 여전히 끈질긴 삶은 죽음에 격렬히 항거한다. 11월 7일이 되어서야 비로소 죽음이 그에게 닥쳐온다. 백발이 성성한 머리는 베개 속으로 파묻히고, 세계를 그 누구보다 더 통찰력 있게 바라보던 두 눈은 멀거니 꺼진다. 그런데 이제야 성급한 구도자는 모든 삶의 진리와 의미를 마침내 깨닫는다.

『톨스토이』

der Tod

204

하늘처럼 도스토옙스키의 이마는 허약하고 무기력한 육체 위에 높고 확고하게 자리한다. 그것은 현세의 슬픔을 이겨 낸 정신의 영광이다. 그리고 정신적 승리의 이 성스러운 이마는 임종의 자리에서 가장 찬란하게 빛을 발했다. 임종 시 그의 눈꺼풀은 흐려진 두 눈 위로 축 늘어졌는데, 창백한 두 손은 십자가를 꼭 쥐고 있었다. 이때 그의 이마는 밤의 나라를 제압하는 아침 햇살처럼 생명을 잃은 그의 얼굴을 비춘다. 그의 모든 작품과도 같이 그의 이마는 이 광채를 통하여 정신과 믿음이 우울하고 비속한 육체적 삶에서 자신을 구원했다는 복음을 전한다. 도스토옙스키의 최종적 위대성은 늘 이 최종적 깊이에 있다. 그 어떤 것보다도 죽음에 이른 얼굴이 더욱 강렬하게 말하고 있다.

『도스토옙스키』

der Tod

206

죽음 앞에서 프로이트는 수면제나 마취제를 거절했다. 단 한 시간이라도 이런 진정제에 의해 정신이 흐려지기를 바라지 않았다. 고통스러워도 계속 깨어 있기를, [...] 최종 순간까지 정신의 주인이 되기를 원했다. 그것은 죽음에 대한 무서운 투쟁이었고, 싸움이 길어질수록 더욱 장엄한 상태가 되었다. 죽음은 점차 그림자를 그의 얼굴에 짙게 드리우기 시작했다.

『프로이트』

der Tod

자살하려는 생각은 어릴 적부터 클라이스트를 따라다녔다. 수년 전에 그가 삶의 설계를 마쳤을 때, 이미 자살을 고려한 바 있었다. 자살하려는 생각은 항상 무기력한 순간에 강해졌다. 열정의 물결과 희망의 파도가 밀려 나가면, 그의 마음속에는 죽음이 암초처럼 고개를 들었다. 죽음에 대한 열망에 가까운 절규는 그의 편지와 대화에서 셀 수도 없이 나타난다. 역설적으로 말하자면, 죽음을 늘 준비하고 있었기에 그는 삶을 그나마 이제까지 지탱할 수 있었다.

『천재 광기 열정』

der Tod

210

자살동반자인 두 사람은 신혼부부처럼 쾌활하게
반제 호수로 떠났다. 여관 주인은 이 두 사람이 잔
디 위에서 떠드는 소리를 들었다. 그들은 거기서
즐거워하면서 커피도 마셨다. 이어서 약속 시간이
되자 정확히 총알 한 발이 발사되었고, 곧바로 또
한 발이 발사되었다. 한 발은 자살동반자인 여인
의 심장을 정확히 관통했고, 또 한 발은 클라이스
트 자신의 입을 관통했다. 그의 손은 두려워 떨지
않았다. 실제로 그는 살아가는 법보다도 죽는 법
을 더 잘 알고 있었다.

『천재 광기 열정』

der Tod

212

죽음의 그림자를 마주한 사람은 거짓말을 하지
못하는 법이랍니다.

『모르는 여인의 편지』

der Tod

214

지난 몇 년 이래 처음으로 그의 생일날, 꽃병에 아무것도 꽂혀 있지 않았던 것이다. 그는 깜짝 놀랐다. 돌연 아무도 모르게 문이 활짝 열리며, 차가운 기류가 다른 세계로부터 그의 정지된 공간으로 흘러드는 듯싶었다. 그는 한 여인의 죽음과 불멸의 사랑을 느꼈다. 그는 자신의 영혼 깊은 곳에서 무엇인가가 허물어지는 것을 감지했다. 그는 멀리서 울려오는 음악 소리에 귀를 기울였다. 이렇게 눈에 보이지 않는 여인의 그림자를 마음속으로 애틋하게 그리고 있었다.

『모르는 여인의 편지』

인간은 죽어도 그의 세계관은 다른 인간에게 영
향을 미친다는 것, 그것도 살아 있을 때보다 더
강렬하게 영향을 미친다는 것, 이것이 츠바이크
가 예술적으로 묘사한 마성적이고 천재적이며 열
정적인 인간들의 삶이다. 츠바이크 역시 수많은
작품과 명성을 남긴 채 나치를 피해 브라질로 도
피하였고 부인과 동반자살로 강렬한 죽음을 맞이
한다. 평생 사랑과 자유를 갈망하던 그에게 제2
차 세계대전에 휩싸인 세계는 참을 수 없는 현실
이었다. 우울증으로 시달리던 그는 다음과 같이
짤막한 유언을 남긴다. "나는 이 시대에 어울리지
않는다. 이 시대는 내게 너무 불쾌하다."

슈테판 츠바이크는 1881년 11월 28일 오스트리아의 빈에서 유대인 가문의 둘째 아들로 태어났다. 그의 부친 모리츠 츠바이크^{Moritz Zweig}는 방직물 사업으로 성공하여 오스트리아에서 오랫동안 기반을 다진 인물이었고, 모친 이다 브레타우어^{Ida Brettauer}는 츠바이크 가문보다 더 부유하고 국제적인 금융업계 가문 출신이었다. 츠바이크에 따르면 "부친은 피아노 연주에 매우 뛰어났으며," 프랑스어와 영어에도 능숙했다. 모친 역시 이탈리아어에 능숙하여 어머니에게서 이탈리아어를 배웠다고 한다.

　　이런 배경에서 그가 문학과 예술에 열중할 수 있었던 것은 그의 타고난 성향과 재능에 기인하기도 했지만, 형 알프레드가 부친의 사업을 이어받으면서 그 자신은 큰 부담 없이 부모의 지원을 받아 자유로운 자신만의 길을 갈 수 있었기 때문이었다.

　　1887년 그는 초등학교에 입학하였고, 1892년

에는 막시밀리안 김나지움에 다니면서 시를 쓰기 시작한다. 김나지움에 다니던 시절 그는 보들레르와 랭보, 릴케의 시에 심취했으며, 그가 쓴 몇 편의 자작시는 잡지에 실리기도 한다.

1900년 김나지움 졸업 후 츠바이크는 빈대학교에서 철학과 문학을 공부하기 시작한다. 1901년에는 첫 번째 책으로 시집『은빛 현*Silberne Saiten*』을 발표하였다. 1902년에는 폴 베를렌과 보들레르의 시집 일부를 번역하고, 이 시집의 편집자로 이름을 올린다.

1904년 츠바이크는 프랑스의 실증주의 철학자 이폴리트 텐*Hippolyte Taine*에 관한 논문으로 박사학위를 받았고, 같은 해에『에리카 에발트의 사랑*Die Liebe der Erika Ewald*』이라는 소설집을 출간한다. 그해 파리와 런던을 여행한다.

그는 1905년 스페인과 알제리를 여행했으며, 1906년에는 시집『때 이른 화환*Die frühen Kränze*』을 독일의 인젤출판사에서 출간한다. 1907년에는 연극에도 관심을 보이며『테르지테스*Tersites*』라는 드라마를 발표하고, 이 작품을 이듬해 독일에서 무대에 올린다.

츠바이크는 1910년에 파리에 머물며 나중에
노벨문학상을 수상하게 될 로맹 롤랑과 사귀었으
며, 이후 30년간 그와 편지를 주고받는다. 프로이
트와도 1908년부터 편지를 주고받기 시작하여 프
로이트가 사망하기 직전인 1939년까지 서신 교환
을 계속한다. 그의 에로티시즘적인 소설 성향은
프로이트에게서 크게 영향을 받는다.

1911년 츠바이크는 북중미를 여행하고 돌아
와 소설집 『첫 체험*Erstes Erlebnis*』을 발표한다. 여기
에는 어린 시절에 겪을 수 있는 이야기들인 4편의
단편 「황혼 이야기」, 「여름 이야기」, 「가정교사」,
「타오르는 비밀」이 들어 있다. 무엇보다 1912년에
그는 첫 부인이 된 여성 작가 프리데리케 폰 빈터
니츠*Friderike von Winternitz*를 만난다. 나중에 츠바이
크의 비서 샤로레 알트만*Charlotte Elisabeth Altmann*이
나타나기 전까지 프리데리케는 츠바이크에게 항
상 헌신적인 도움을 주었다.

제1차 세계대전이 발발하자 1914년 12월부터
전쟁 문서 보관소에서 일한다. 1917년에는 드라마
『예레미야*Jeremia*』를 발표한다. 그해 11월 휴가를
떠난 츠바이크는 로맹 롤랑을 만나 그의 평화주

의에 감화되었고, 이후 헤르만 헤세, 제임스 조이
스도 만났다. 1918년 2월 27일, 『예레미야』가 취리
히 시립극장에서 초연된다.

　전쟁이 끝나자, 잘츠부르크의 집으로 돌아온
츠바이크는 1920년 프리데리케와 정식으로 결혼
식을 올린다. 이때부터 그의 문학 활동은 더욱 왕
성해지기 시작하는데, 1920년 전기(또는 평전) 『세
사람의 거장: 발자크, 디킨스, 도스토옙스키*Drei
Meister: Balzac, Dickens, Dostojewski*』, 『로맹 롤랑』을 출
간한다. 1922년에는 『아모크: 열정의 소설들*Amok:
Novellen einer Leidenschaft*』, 1925년에는 전기 『악마와
의 투쟁: 횔덜린, 클라이스트, 니체*Der Kampf mit dem
Dämon: Hölderlin, Kleist, Nietzsche*』, 1926년에는 소설집
『감정의 혼란*Verwirrung der Gefühle*』을 발표한다.

　이후 1927년에 츠바이크는 인류 역사에서
큰 획을 그은 사건들을 다룬 『인류 운명의 순간
들*Sternstunden der Menschheit*』을 출간하고, 1928년에
는 『세 시인의 삶: 카사노바, 스탕달, 톨스토이*Drei
Dichter ihres Lebens: Casanova, Stendhal, Tolstoi*』, 1929년에
는 『요제프 푸셰: 어느 정치인의 초상*Joseph Fouché:
Bildnis eines politischen Menschen*』, 1932년에는 프랑스

혁명으로 단두대에서 처형된 비운의 여성을 다룬 『마리 앙투아네트: 어느 평범한 인물의 초상*Marie Antoinette: Bildnis eines mittleren Charakters*』, 1935년에는 『발자크』를 연속적으로 출간한다.

1930년 나치당이 독일에서 의석수 제2당으로 부상하기 시작하자, 프랑스 방식의 자본주의를 증오하던 츠바이크는 차라리 히틀러의 망상이 나을지도 모른다고 오판한다. 그러나 정작 나치가 돌이킬 수 없는 치명적인 현실이 되어 그의 책들이 공개적으로 불태워졌을 때, 그는 유대인으로서 더는 오스트리아에 머물 수 없다고 판단한다. 결국 빈에서 그에 대한 압박이 심각해지자 그는 영국으로 이주한다. 동행했던 그의 처 프리데리케는 정리되지 않은 일들을 해결하려고 혼자 오스트리아로 돌아간다. 이때 츠바이크는 영국에서 젊은 비서 샤로테 알트만을 만나 사랑에 빠지고, 결국 1938년에는 프리데리케와 이혼한다.

1939년에 출간한 장편소설 『마음의 조바심*Ungeduld des Herzens*』이 베스트셀러가 되고, 그는 그해 9월 6일 샤로테와 결혼한다. 1940년에는 영국 시민권을 획득한다. 1941년에는 『아메리고: 어느 역사적 오류의 이야기*Amerigo: Die Geschichte eines historischen Irrtums*』(그의 사후 1944년 출간), 『브라질: 미래의 땅*Brasilien: Ein Land der Zukunft*』을 탈고하고, 이 무렵 브라질을 여행한다. 같은 해에 소설 『체스 이야기*Schachnovelle*』, 자전적인 회고록 『어제의 세계*Die Welt von gestern*』를 발표한다.

1941년 9월 샤로테와 함께 브라질로 이주한 츠바이크는 제2차 세계대전의 양상이 갈수록 어려운 상황으로 접어들자, 오랫동안 앓아 왔던 우울증도 그만큼 더 심각해진다. 급기야 1942년 2월 22일, "인내심이 부족한 나는 먼저 떠난다"라는 유언을 남기고 아내 샤로테와 동반자살로 삶을 마감한다.

슈레판 츠바이크의 작품에서 명언이나 격언, 경구처럼 우리의 마음을 찌르거나 감동을 주는 문장들을 모아 놓은 이 책은 주로 그의 여러 전기와 자서전, 소설들에서 가려내어 추출한 것이다. 이 책에 인용한 문장의 원전은 전기로는 『세계를 건축한 거장들*Baumeister der Welt*』, 『인류 운명의 순간들』, 『마리 앙투아네트: 어느 평범한 인물의 초상』, 『정신을 통한 치료: 메스머, 메리 베이커 에디, 프로이트』가 있고, 자서전으로는 『어제의 세계』, 소설로는 『모르는 여인의 편지』, 『감정의 혼란』, 『체스 이야기』, 『환상의 밤』, 『과거로의 여행』이 있다.

　　톨스토이, 도스토옙스키 전기 등 아홉 편의 전기를 소개하는 『세계를 건축한 거장들』은 본래 3권의 전기 모음을 독일 피셔출판사가 한 권으로 모아 출간한 매우 방대한 책이다. 3권의 전기 모음은 앞서 츠바이크의 소개에서 거론한 바와 같이 1920년에 출간된 『세 사람의 거장: 발자크, 디킨스, 도스토옙스키』와 1925년에 출간된『악마와의 투쟁: 횔덜린, 클라이스트, 니체』, 그리고 이후 1928년에 출간된『세 시인의 삶: 카사노바, 스탕달, 톨스토이』이다.

이 책은 우리나라에서 처음에는 1993년에 『천재와 광기』(예하)라는 제목으로 출간되었다가 출판사가 문을 닫아 절판되었고, 세창출판사가 2014년『천재 광기 열정』이라는 두 권의 책으로 새로 출간했다. 이후 세창출판사는 이 가운데 몇 편의 전기를『톨스토이를 쓰다』,『도스토옙스키를 쓰다』,『니체를 쓰다』,『발자크/스탕달을 쓰다』, 『카사노바를 쓰다』로 분권하여 출간한 바 있다. 이렇게 분권한 이유는 책이 너무 방대하다는 일부 독자들의 불만스러운 평이 있었기 때문이다.

『인류 운명의 순간들』은 슈테판 츠바이크의 작품 중 우리나라에서 가장 인기를 끌었던 책이다. 이 책 역시 독일어 원전의 제목 대신 독자에게 어필하는『광기와 우연의 역사』라는 제목으로 출간되어 한때 수십만 권이 넘는 판매 부수를 기록하기도 했다. 현재도 같은 제목으로 다른 출판사가 이 책을 출간하여 상당한 인기를 끌고 있지만,

이제는 더 새로운 감각의 번역과 아울러 원전 제목으로 독자에게 소개되어야 할 시점이 온 것은 아닐까 싶다.

전기 또는 평전과는 달리 츠바이크가 감성적 재능을 가장 잘 발휘한 장르는 아마 소설이라고 해도 무방할 것이다. 그중에서도 어린 시절의 사랑을 그리고 있는 소설집 『첫 체험』이나 '열정의 소설들'이라는 부제가 달린 『아모크』에서는 프로이트의 영향이 각인된 에로티시즘의 정수를 감상할 수 있다. 이 책에서 인용한 『모르는 여인의 편지』나 『환상의 밤』 등도 이러한 에로티시즘적 소설 유형에서 멀리 있지 않다. 슈레판 츠바이크 본인은 자신의 전기들을 '정신의 유형학'으로 정의하고, 반면에 이런 종류의 소설들을 '감정의 유형학'이라 기술한 바 있는데, 결국 이 책 역시 이러한 정신의 유형학과 감정의 유형학을 그의 아포리즘적인 문장을 통해 독자에게 소개하려는 의도를 지니고 있다고 할 것이다.

전기 및 역사 문헌

『니체를 쓰다』, 원당희 옮김, 세창미디어, 2013.

『도스토옙스키를 쓰다』, 원당희 옮김, 세창미디어, 2013.

『발자크/스탕달을 쓰다』, 원당희 옮김, 세창미디어, 2023.

『천재 광기 열정』(1, 2), 원당희 옮김, 세창미디어, 2009.

『카사노바를 쓰다』, 원당희 옮김, 세창미디어, 2018.

『톨스토이를 쓰다』, 원당희 옮김, 세창미디어, 2013.

『마리 앙투아네트: 어느 평범한 인물의 초상*Marie Antoinette: Bildnis eines mittleren Charakters*』, Zenodot Verlag, 2015.

『인류 운명의 순간들*Sternstunden der Menschheit*』, Fischer Taschenbuch, 1983.

『정신을 통한 치료: 메스머, 메리 베이커 에디, 프로이트*Die Heilung durch den Geist: Mesmer, Mary Baker Eddy, Freud*』, S. Fischer Verlag, 2008.

소설

『과거로의 여행*Widerstand der Wirklichkeit: Die Reise in die Vergangenheit*』, 원당희 옮김, 빛소굴, 2022.

『모르는 여인의 편지』, 원당희 옮김, 세창미디어, 2020.

『환상의 밤』, 원당희 옮김, 세창미디어, 2018.

출처

『감정의 혼란*Verwirrung der Gefühle*』, Fischer Taschenbuch, 1984.

『체스 이야기*Schachnovelle*』, Alfred Kröner Verlag, 2015.

기타

『어제의 세계: 유럽인의 회고록*Die Welt von Gestern: Erinnerungen eines Europäers*』, Insel Verlag, 2013.